Wolfgang Krämer

LUKASBURGER STILBLÜTEN

Band 2

Lukasburger Stilblüten

Aus den Aufsätzen der Kleinen
für den Stammtisch der Großen

HEITERES AUS DER PRAXIS
1921 — 1958

von

WOLFGANG KRÄMER

Band 2

Verlag Franz Scharl 8025 Unterhaching

ISBN 3-7943-0006-8

1958 — 1976 1. - 103. Auflage (1. - 500. Tausend)
1977 104. Auflage (501. - 504. Tausend)

Zu beziehen durch den Buchhandel

Umschlag Elisabeth Thomae
Zeichnungen Arno Krugel
Druck J. Gässler, 8 München 5

Vorwort

Die zweite Folge der »Lukasburger Stilblüten« erschien erstmals im Sommer 1958 und wurde in gleichem Maße wie das erste Heft begrüßt. Wenn sich von der alten Münchener »Lukasburg« nur noch wenige Texte vorfinden, so darf nicht vergessen werden, daß überall im Lande, am Main und Neckar, Rhein und Elbe, und nicht zuletzt an der Spree die gleichen Quellen des ungewollten Humors aus Schüleraufsätzen sprudeln wie an der Isar. Ende 1964 waren 72 Auflagen des 2. Heftes mit 353 Tausend Exemplaren abgesetzt. Wie beim ersten Heft gingen viele Stücke ins deutschsprechende Ausland nach Österreich, der Schweiz, Südtirol und in die deutschen Kolonien der Städte in allen Weltteilen. Die nunmehr dazugekommenen Abbildungen stammen gleichfalls von Arno Krugel.

Der Herausgeber

INHALTSVERZEICHNIS

1. Erlebnisaufsätze

Geburtstagswunschbrief

Ich wünsche mir ein neues Fahrrad; denn bei meinem Alten sind die Kotflügel locker (das fünftletzte Wort war groß geschrieben).

Wie ich daheim helfe

Wir müssen unserer Mutter im Stillen helfen.

Der Mensch, Herr der Tiere?

Der Mensch ist es also, der gegen die Naturgesetze verstößt und sie so hinbiegt, wie sie für ihn am passendsten sind.

Er fängt die Fische mit Netzen und Ködern und nimmt sich einfach das, was er braucht, ohne oft »danke« zu sagen.

Wenn der Mensch aber diese Tiere (gemeint sind Haustiere) in kleine Käfige sperrt und sie bis zur Besinnungslosigkeit füttert, so daß diese Tiere recht fett werden, so hat er dazu kein Recht.

Von der menschlichen Gesundheit

Vom Willen des Kranken hängt oft die ganze Existenz des Arztes ab.

Pilzvergiftungen machen sich bemerkbar durch Kratzen im Hals und Schmerzen in der Bauchgegend.

Es gibt Muttermilch, Buttermilch, Magermilch und Büchsenmilch.

Vor dem Frühstück soll man nie arbeiten; wenn man aber doch vorm Frühstück arbeiten muß, soll man wenigstens vorher etwas essen.

Während beim Kind die ersten Zähne wieder ausfallen, besteht jeder erwachsene Mensch aus 8 Schneide-, 4 Eck-, 16 Backen- und 4 Weisheitszähnen.

Weihnachtsvorbereitungen 1946

Was die Vatis sich heutzutage wünschen, kann man ihnen leider nicht schenken. Sie wünschen sich einen schönen Hasenbraten mit allem, was dazu gehört, und den kann man sich doch nicht aus dem Ärmel schütteln.

Aus einem Aufsatz über die Weihnachtsbäckerei daheim

Mutter macht aufs Blech und schmiert es breit.

Unser Silvesterabend

Um 12 Uhr ließen wir unsere Bomben knallen; andere Leute ließen sie auch knallen.

Lebenslauf

Ich bin das zweite Kind von meinen Geschwistern und meinen Eltern sehr wichtig.

Ich bin das einzige Kind, das meine Eltern geboren haben. Mein Vater ist im Sommer ein Taglöhner, im Winter ein Sozialdemokrat. Mein Großvater hat die Kakterienverkalkung.

Meine Mutter ist Portiersfrau mit einer Front von 9 Metern.

Außer 3 Morgen Wiesen und 5 Morgen Acker sind wir 10 zu Tisch, darunter 1 Auszüglerin, 4 schulflüchtige Kinder, 1 Kuh und 2 Ziegen.

An einem billigen Tag gehen wir nie in den Zoologischen Garten. Wir gehen nur, wenn nicht viele Leute da sind, dann sind wir mehr unter uns.

Der Frühling

Nun ist der Frühling gekommen, die schönste Zeit des Jahres. Die Bäume blühen, die Vögel singen fröhlich in den Zweigen, und unser Herr Lehrer trägt wieder sein lüsternes Jackett.

Wir wollten am Sonntag einen Spaziergang machen. Die Mutter sagte: »Nein, wir gehen nicht!« — Und der Vater sagte: »Mama, wir gehen.« Wir gingen aber nicht.

Doch, wie so vielen, reichten auch bei meinem Bruder die geistigen Verhältnisse, um neun Klassen zu studieren und die Forstprüfung zu bestehen, nicht aus.

In den ersten Tagen der Schule sind wir noch sehr beschränkt, später nicht mehr.

Wenn ich aus der Volksschule komme, trete ich gleich einen Schritt weiter. Ich werde die Handelsschule besuchen.

Stark hervorstehende Backenknochen und ein langes, schmales Gesicht zeugten von ihrer Armut.

Jeder Schüler bekam einen Lebkuchen — dann waren die Weihnachtsferien angebrochen.

Ich besuchte die Schule bis zum Zusammenbruch.

Wenn ich einmal groß bin

Am liebsten mische ich mich in Backangelegenheiten, zum Beispiel Pfannkuchen, Amerikaner, Eierkuchen und Kartoffelpuffer.

Vom Totengedenktag

Wenn man kein schwarzes Kleid hat, kann man auch ein farbiges anziehen. Die Hauptsache ist, wenn nur das Herz schwarz ist.

Aus einem Brief

Liebe Oma! Wie geht es dir? Mir geht es gut! Das ist die Hauptsache. Viele Grüße Dein lieber Arthur.

Ein General hat das Recht und die Pflicht, den Ungehorsam seiner Soldaten mit den härtesten Strafen zu erzwingen.

Beim Sammeltag

Wie herrlich ist es für die Sammlerin, mit der klappernden Büchse die Mägen der Hungrigen zu füllen.

Mein Besuch in Berlin

Da mein Vater die alten Griechen sehr gern hat, hat ihm im Alten Museum der Pergamentaltar am besten gefallen.

Erste Hilfe bei einem Unfall

Wenn einem der Unterschenkel bricht, dann muß man gleich zur Hilfe sein; ist es im Freien, dann bindet man den Unterschenkel an einen Baum und bringt ihn sofort zum Arzt.

Großstadtverkehr

Die Toten und Verletzten stiegen in der letzten Zeit stark in die Höhe.

Der Volkswagen fuhr weiter und mußte verfolgt werden, ehe er schließlich anhielt. Die Männer verabreichten ihm eine Tracht Prügel.

Man muß auch berücksichtigen, daß unsere Kraftfahrer etwas zwischen den Beinen haben, das nicht immer so will, wie sie möchten.

Das Radfahren und Umherlaufenlassen von Hunden und Hausgeflügel ist verboten.

Beim Parken auf der Luisenstraße fuhr er rückwärts der Frau Dr. ... hinten hinein, wobei er seine ganze vordere Stoßstange verbog.

Die Holzfäller schneiden das Holz, werfen es ins Wasser und dann läßt man sie hinunterfließen. So ist der Flößer.

Mit großem Schall fliegen fast aus jeder Stallung Gabeln voll Mist auf den Dunghaufen hinaus.

Die herrschaftliche Gutsverwaltung war einem alten Dämonenrat unterstellt.

Der Junge war von einem Hund angefallen worden, bevor ihn ein Mann erschlug.

Unser Bauernhof

Auch mein Onkel hat einen Viehzuchtbetrieb. Seine beiden Bullen sind plötzlich vor einem Monat eingegangen. Da ist mein Vater mit seinem Stier eingesprungen, aber es war nur ein Tropfen auf einen heißen Stein.

Mein Onkel und sein Freund hatten sich viele Jahre nicht gesehen, jetzt waren sie ganz närrisch, wie sie sich trafen, und schlugen sich mit nassen Augen auf die Schultern.

Auf der Eisenbahn

Wenn im Speisewagen auf den Gong gehauen wird, muß man bitte Platz nehmen, sonst wird alles kalt.

Die Fenster sind nicht zum Hinauslehnen da; man muß sie schließen, sonst ist Zug im Zug.

Und da sahen wir schon von weitem den Mont Blanc, von welchem bekannt ist, daß er schon bei 80^0 siedet.

Stadt und Land

Wenn man in einem Dorfe wohnt, muß man, wenn man nicht weit laufen will, immer die eigenen Produkte verzehren.

Leider ist in unserer Gemeinde kein Glockengeläute vorhanden. Daher geht es auch bei Beerdigungen und anderen Festlichkeiten so traurig zu.

Der Verkehrspolizist

Manche Wagen halten auch mitten auf der Kreuzung und fragen den Verkehrspolizisten, wo ihre Straße ist.

Der Verkehrspolizist hat die Aufgabe, für einen störungsfreien Verkehr zu sorgen und Unfälle durch Zusammenstöße zu verhüten.

Ein Zirkusbesuch

Als der Fahrer in die Todeskurve einbog, lief es mir kalt den Rücken herunter, aber es lief alles gut ab.

Vom Beruf meines Vaters

Mein Vater ist Friseur. Vor zwei Monaten haben wir umgebaut. Während dieser Zeit wurden die Kunden hinten rasiert.

Besuch bei Verwandten

Auf meiner Reise habe ich keine Verwandten besucht, außer einer alten Tante, die da gerade am Wege lag.

Unser Sozialstaat

In unserer DDR wird die Fürsorge auch auf die Kinder ausgedehnt, und zwar gleich an der Stätte der Produktion.

Entwicklung der Technik

Dem Vater von Carl Benz war die Dampfmaschine ans Herz gewachsen.

Beschreibung eines Geschäftes

Für eine reibungslose Entleerung sorgen einmal die drei Eingangstüren, die zugleich als Notausgänge dienen und auf einem breiten Weg die Austretenden auf die Bahnhofstraße leiten.

Beschreibung Münchens

Auf dem Marienplatz stehen mehrere öffentliche Häuser. Die Mariensäule schmückt die Muttergottes. Unten sind noch vier andere Drachen.

Ein Kochrezept

[In der Haushaltsschule sind — ohne ins Buch zu schauen — 2 Kochrezepte niederzuschreiben.] Elisabeth notiert: »Die vorgenannten Zutaten der sechs Heringe ergeben einen guten Heringssalat für eine Gesellschaft von acht bis zehn Personen. Diese werden zuvor gesäubert, enthäutet und einige Stunden in Milch gelegt.«

Ein Dorfbrand

Feuerwehr und Armeekommandos arbeiten an der Wiederherstellung der zahlreichen Schäden.

Die Feuerwehr hatte alle Hände voll zu tun, um zu verhindern, daß sich die Flammen auf das einzige Haus beschränkten.

Zuletzt fuhren die Feuerwehrspritzen weg in dem Bewußtsein, eine edle Tat vollbracht zu haben.

Mit starkem Strahl gaben die Feuerwehrmänner ihr Wasser ab.

Die erste deutsche Eisenbahn, Bildbeschreibung

Einige Wagen waren sogar ohne Dächer, worauf die Fahrgäste zum Teil saßen.

Ein Unfall

Mit Verletzungen mußte das Mädchen in das Krankenhaus eingeliefert werden, das tags zuvor auf der Essener Straße von einem PKW erfaßt wurde.

Meine böse Hand zog sich so in die Länge, daß ich 4 Wochen nicht in die Schule gehen konnte.

Thema: Eine Panik bricht aus

Beim Untergang des Dampfers trompetete die Schiffssirene das Totenlied für sie selbst.

Staatsbürgerlicher Unterricht

In der Bundesrepublik genügt nicht die kirchliche Trauung allein, es wird nur die Zivil- oder standrechtliche Trauung anerkannt.

Die Absolventen mancher Mittelschulen brauchen für das Universitätsstudium noch das kleine Latrinum.

Bei Gerichtsverhandlungen urteilt der Richter nach dem so geschriebenen Gesetzbuch, die Geschworenen auf Grund ihrer Vernunft.

Naturkundestunde

Dann wurden wir in das Biologiezimmer geführt. Dort war ein Studienrat und noch andere ausgestopfte Vögel.

Von der deutschen Bundespost

Die Post ist für mich ein großes Rätsel. Ich könnte für 20 Fennich keinen Brief bis nach Berlin bringen.

Die Post hat in jeder Stadt einen Laden mit vielen Schaltern, an denen man warten muß, bis man drankommt. Dies gilt für reich und arm.

Die Post geht stempeln, ist aber trotzdem voll beschäftigt mit ihren vielen Marken.

Die Post

Früher war sie eine Kutsche, die ins Horn blies. Heute braucht sie keine Pferde mehr und braucht bloß zu hupen.

Die Post ist ein Amt zu Lande, zu Wasser und in der Luft; aber auch per Draht.

Die Pakete sind gegen Verlust versichert, außer im Falle von Krieg, Revolution und anderer obrigkeitlicher Maßnahmen.

Stammbucheinträge

Die kleine Frieda schrieb der Gerda ins Stammbuch: »Üb immer Treu und Redlichkeit bis an dein frühes Grab. Dies wünscht dir deine Frieda.«

An der Grenze

Es waren viele Menschen da. Mein Vater hatte außer seinem Rucksack nur einen Koffer bei sich. Endlich kam er an die Reihe. Der Zöllner öffnete ihn, fand aber nichts besonderes in seinem Innern.

Die Maus ist ein Nagetier. Dies wünscht dir dein Freund Emil.

Bei einem Zweikampf ist es von jeher strenges Gesetz, daß sich die beiden Gegner in gleichem Abstand aufstellen.

Auf dem Gemälde sieht man auch den Grafen Ferdinand, wie er seinen Hund streichelt. Leider starb derselbe schon früh und hinterließ seine Gemahlin als Witwe.

Eine Mutter hat viel zu tun tagtäglich. Sie begibt sich von einem Ort zum andern, um etwas zu verrichten.

Aus dem Lebenslauf einer Bewerberin

Wie oben zu lesen steht, heiße ich Hildegard und wohne in B. in der R.-straße 1.
Aber bis es dazu kam, bin ich erst einmal in Berlin, den 31. Mai 1947 von meiner Höllandischen Mutter Jansje um 8 Uhr am Morgen, zur Welt gebracht worden.
Mein Vater Heinz verdiente sein Geld als Zimmermann, und versorgte seine kleine Familie so gut er konnte, mit Nachwuchs. Meine Mutter als Hausfrau von Beruf, folgte meinem Vater, mit ihren drei kleinen Kindern, denn soviel waren es nach dem Jahre 1952 schon geworden, nach Westdeutschland.

2. Nacherzählungen

Beschreibung eines Rokokobildes

... und auf der Terrasse sitzen Damen und Herren an einem Tisch mit verschnörkelten Beinen.

Beschreibung eines Jagdbildes

Auf der anderen Seite steht noch ein Jäger in blauem Gewand. Er will gerade einen Seitensprung machen, aber er stößt noch schnell den Spieß in das Fleisch des Keilers.

Bildbeschreibung

Unter der Eiche sitzt ein alter Greis, der den Dudelsack pfeift;er ist lustig und spielt mit den Kindern, die ihn umzingeln.

Nacherzählung

Das eiserne Bettgestell war von den Wanzen fast ganz zerfressen.

Eine Wanderung

Ich war sehr bedrückt von den Schönheiten meiner Heimat.

Kaum hatte ich ein Paar Bockwürstchen gegessen, da fühlte ich auch gleich ein paar Pferdekräfte in mir.

Des Abends putze ich mir die Zähne und die Schuhe

Die sinkende Sonne nötigte uns auf den Heimweg zu machen.

Ein schriller Pfiff aus des Lehrers Pfeife, und die Knaben blieben, wie vom Blitz getroffen, stehen.

In jenem Winter herrschte eine so grimmige Kälte, daß die Weinstöcke samt den Pfählen erfroren.

Die reichen Leute im Tal schauten mit Verachtung auf die armen Bergbewohner herab.

Die Glocken bimmelten und bummelten nur so hin und her.

Bis auf die Grundmauern niedergebrannt, betrachtete der Besitzer sein ehemaliges Heim.

Bildbeschreibung

Auf dem Bilde sehen wir eine Königin mit ihren Pagen. Pagen sind Knaben, welche schönen Frauen die Röcke aufheben.

Die Sonne scheint durch das Fenster, und draußen auf der Wiese und auf den Feldern sproß es, daß es eine Lust war, nur daran zu denken, was im Freien geschah.

Beim Zahnarzt

Meine Behandlung verlief reibungslos. Bald darauf befand ich mich wieder auf meinem Heimweg, und die Vöglein zwitscherten, und die Sonne schien hell und klar vom Winterhimmel.

Nacherzählung

An den Wänden hingen lebensgroße Familienmitglieder.

Der Henker wollte gerade das erste Urteil fällen.

Ein riesiger Spiegel reichte bis zur Decke, und hier oben wurden alle Feste gefeiert.

Über die Weihe der neuen Kirchenglocken

Am vergangenen Sonntag bekam unsere Gemeinde neue Glocken. Bei der Einweihung war auch der Bürgermeister, die Gemeinderäte, der Pfarrer und andere hohe Herren anwesend. Seit sie aufgehängt sind, ist es in unserer Gemeinde viel feierlicher und schöner.

Unsere Kirche ist auch neu renoviert. Der Pfarrer ist allerdings schon 60 Jahre alt. Er hat eine Köchin, die ihm kocht, bäckt und alles sonstige erledigt.

Weihnachtslegende

Und die drei Könige knieten nieder und schenkten ihm Gold, Weihrauch und Möhren.

Beim Lernen des Kirchenliedes »Tauet Himmel den Gerechten ...« sprach ein Volksschüler: »... denn verschlossen war das Tor, bis der Schlosser (statt Heiland!) trat hervor.«

Erdkunde

Ich kenne folgende Schweizer Kantone: Schwyz, Solthurn, Zürich und Urin (Uri).

Im Bauernhaus stand ein großer Herd. Unser Lehrer erzählte uns, daß er von hinten geheizt würde.

3. Deutsche Sage und Geschichte

Der Unterkiefer von Mauer

Die älteste Menschenrasse waren die Maurer von Heidelberg.

Nach der Teutoburger Schlacht rief der Kaiser Augustus: »Varus, Varus, gib mir meine Lektionen wieder!«

Der Gott Donar war eine Eiche und stand bei Geismar.

Volksversammlung

Dann wird ein Tier geopfert, und wenn der Darm sauber ist, so kann die Wählung des Beamten beginnen.

Das berühmteste Werk des Bischofs Wulfilas ist der Podex Argenteus.

Mohammed wurde zum Propheten geweiht, als er eines Tages ein Geschäft machte.

Karl der Große

Karl der Große führte das Wachs- und Honigmonopol ein, d. h. der Staat durfte nur allein Wachs und Honig herstellen.

Wenn es bei Karl dem Großen hieß: Biegen oder brechen, so zog er stets vor zu brechen.

Im Jahre 870 brachte Karl der Große die Kartoffel auf die Welt.

»Ödipus«: Ödipus ist eine blutrünstige Geschichte (sagt die Lehrerin).

Jokaste atmete zweimal auf.

Einem Boten vertraut sie sich an. Er soll dem König sagen, wie sie sich verhalten habe, nachdem sie tot ist.

Warum ist es für Ödipus eine gute Nachricht, daß Polybos gestorben ist? »Weil er dann den Thron erbt.«

Die Sage von Eginhardt und Emma

... Karl der Große wollte ihn nicht als Eidarm (das altertümliche Wort »Eidam« wurde mißverstanden).

Aus einer Geschichtsarbeit

Das Wikingerschiff: »Vorne geht es am Schiff steil hoch und macht einen Kringel nach vorne.«

Aus der Kirchengeschichte

Pabst Impotenz III. wurde Vater der Witwen und Waisen genannt.

Der Ritterorden

Da die Ordensritter nicht heiraten durften, waren sie auf Nachschub vom Reich angewiesen.

Der Orden wurde gegründet zum Schutze des heiligen Grabens.

Mittelalter

Das Mittelalter war uns in diesem Punkte trotz seiner Schatten um viele Längen voraus.

... und die Minnesänger radelten von Burg zu Burg.

Zu beiden Seiten des Haup-
tes hingen ihr Locken herab.
Am Hinterteil hatte sie einen
Knoten.

(Beschreibung eines Bildes)

Allmählich wurden die Ritter schwach, denn sie bekamen ja keine Kinder, und es wanderte kaum jemand zu.

Bevor der Ritter nach dem Turnier sich wieder zeigte, reinigte er sich gründlich von den Dreckspuren und von der verbissenen Wut im Gesicht.

Auf den Thron kam nicht immer der Sohn, und wenn der Kaiser wollte, daß sein Nachfolger doch nicht Kaiser würde, sorgte er für seine Hausmacht.

Die Bedeutung der Klöster

Die bayerischen Klöster wirkten befruchtend auf die Bevölkerung.

Wenn doch alle Menschen, die immer so gerne über die Klosterbrüder und Klosterschwestern herfallen, sich einmal Überlegen wollten, welch überragende Bedeutung diese Gebetskanonen für unsere bayerische Heimat hatten!

Die Priester halfen dem Bischof bei der Erledigung seines Stuhles.

Kolumbus

Als der Orkan ausbrach, ließ Kolumbus alle leeren Fässer und Behälter mit Seewasser füllen, damit sie nicht vor Leerigkeit umkippten.

Kein Wunder, daß die Indianer staunten, als Kolumbus bei ihnen landete. Sie hatten noch keine Dampfschiffe gesehen.

Die Kartoffeln sind ein wichtiges Nahrungsmittel für uns. Selbst Kolumbus ist dadurch berühmt geworden.

Michelangelo

Michelangelos größtes Werk ist die Ausstattung der Sixtinischen Madonna.

Das Konstanzer Konzil

Hus wurde im Jahre 1415 auf dem Scheiterhaufen verbrannt und zwar im August, als es ohnehin unerträglich heiß war.

Der Schwerpunkt des Patriarchen war nach Moskau verlegt worden.

Die Burgen am Rhein

Dort wo jetzt verlassene Trümmer ragen, standen einst stolze Burgfräulein und warteten auf ihre ausgezogenen Ritter.

Wenn unsere Mutter große Wäsche hat, helfen wir ihr; wir legen sie in den Korb, tragen sie auf den Speicher und hängen sie auf.

(Wie wir zu Hause unseren Eltern helfen können)

Türkensturm: Konstantin wird erobert. Die Araber kommen als Türken an.

Die Spanier siedeln im Karibischen Meer.

Aus der Renaissancezeit

... die schönen Frauenstimmen in der Peterskirche waren alle Knaben.

Luther teilte nun alle Menschen in zwei Teile ein.

Tetzel hat den Atlashandel eingeführt. (Ablaßhandel).

Die Fugger wurden durch Heirat vornehm.

Friedrich der Große

Friedrich der Große pflegte nachts oft wichtigen Geschäften nachzugehen, besonders wenn er sich am Abend mit seinem Hofgesindel im Park Sanssouci belustigt hatte.

Aus der Geschichte Österreichs

Wie ein roter Faden zieht sich die Periode Maria Theresias durch die Geschichte Österreichs.

Karl VI. erließ die »Dramatische Aktion« (Pragmatische Sanktion).

Maria Theresia unterlag Friedrich. Österreich mußte zusehen, daß es umgekehrt gekommen war.

Französische Revolution

Die Jakobiner wurden von Robs Bier angeführt.

Geschichte

Was hatte die vollkommene Zerstörung 1918 für einen Vorteil? »Man konnte wieder aufbauen!«

Graf Zeppelin

Als der Graf Zeppelin über Tempelhof war, steckte der Kapitän die Fahne ans Hinterteil und landete am Mast.

Der Seekrieg

Kapitänleutnant Prien hatte schon immer eine Liebe zum Wasser. Schon als Kind beschäftigte er sich mit Schiffen.

Man büßte mit Groß- oder mit Kleinvieh, je nachdem, wie groß der Totschlag war.

4. Antikes

Das Lied des Gilgamesch blieb auf einer Papyrusstaude erhalten.

Das Schiff der Argonauten wurde am Hektar beschädigt.

Eines steht fest: Penelope benahm sich als Weib sehr mannhaft ...

Antisthenes von Smyrna konnte so geschickt das Summen der Fliegen nachahmen, daß die Schwalben auf ihn zuflogen und ihn fressen wollten.

Achill und Hektor

Achill hieb seinen Speer in den Leib Hektors. Dieser fiel tot um und sagte: »Gib bitte meinen Leichnam den Meinigen!«

Was ich von den alten Griechen weiß

In Lakonien war es Sitte, daß der älteste Sohn das Gut vom Vater ungeteilt erbte. War kein solcher vorhanden, so erhielt es der zweite.

Als unsere Klasse fotografiert wurde,
kam ein Mann mit einem schwar-
zen Kasten. Darauf wurden wir hin-
gerichtet und dann war Schluss.

(Ein Erlebnis in der Schule)

Die Olympischen Spiele sind zu Ehren des Gottes Zeus gehalten worden, dem die Griechen für seine gute Figur dankten.

Später wurde für den Fünfkampf ein Haus gebaut, die Palästra, welches auf Ausdauer und Schnelligkeit ankam.

Griechenland ist sehr zerklüftet, aber die Olympischen Spiele vereinigen es wenigstens alle vier Jahre.

Erst bestand der Diskus aus einem Stein, aus dem nachher eine Bronzescheibe kam.

Vom griechischen Theater

Wer weich sitzen wollte, für den war das griechische Theater nichts.

Jeder Chor hatte einen Chorführer, der merkte, daß man auch zweistimmig singen konnte. Er übte seine Stimme nicht vorher ein, sondern dichtete sie erst, wenn das Publikum schon zuhörte. Sowas nennen wir Improvisation.

Den Frauen war der Zutritt strengstens verboten; denn schon die alten Griechen fanden, daß eine Frau ins Haus und nicht ins Theater gehört.

Meine Mutter macht gern Handarbeiten.
Gestern nähte sie mir ein Hemd
und war grade dabei, mein Vorder-
teil an mein Hinterteil zu nähen.

(Was die Mutter alles zu tun hat)

Die Frauen durften nicht ins Theater, darum gestaltete sich alles viel lustiger.

Am Munde der Maske war eine Ausbuchtung, das ist unser Schalltrichter.

Was ich von den alten Griechen weiß

Das Ringen war besonders schwierig, weil die Griechen die Seife nicht kannten und am Öl abrutschten.

Bacchos tat den Menschen viel Gutes mit dem Weinstock, darum wurde der Bock auch heilig gesprochen.

Was ich vom alten Ägypten weiß

Ammon war ein Reh.

Die Ägypter balsamierten die Körper ein, daß sie frisch und lang halten.

An den Hippischen Spielen beteiligten sich Jünglinge und Pferde, die auf einem Hippodrom liefen.

Alexander der Große hatte genug mit der Bändigung des Bucephalus zu tun, daß man ihn heute noch für das stärkste Pferd der Welt erklärt.

Aus dem ältesten Rom

Amulius stürzte Numitor und steckte dessen Tochter Rhea Silvia ins Kloster zur Göttin der Häuslichkeit.

Alle Könige in Alt-Rom regierten lebenslänglich.

Die punischen Kriege

Hannipal zog über die Alpen und dann den Kürzeren ...

Sie krallen sich mit den Hufen im Eis fest (Hannibals Zug über die Alpen).

Was ich von den alten Griechen weiß

Nausikaa war für Odysseus das Sprungbrett zur Heimat.

Julius Cäsar

Im Jahre 44 wurde Cäsar auf eine für seine Gesundheit sehr schädliche Weise umgebracht. Er wurde ermordet.

Cäsar war ein großes Licht, Brutus hingegen nur ein armer Leuchter.

Cäsar sollte in Rom zur Verantwortung gezogen werden, weil er eigenmächtig das Heer vermehrt hatte.

Die wunderschönen Latrinen aus Marmor im alten Ostia geben keine Auskunft darüber, was die edlen römischen Männer dachten, woran sie glaubten, was sie erhofften und erstrebten, wenn sie dort in trauten Gesprächen beieinander saßen.

Antonius eroberte Kleinasien, Ägypten und Kleopatra.

In Rom wurden die Gebeine der Märtyrer gesammelt und von wilden Tieren zerrissen.

Am Tag darauf, als der Hunger sie darüber hinaus noch bedrängte, übergaben sie sich. (Die Soldaten)

5. Geographie und Naturkunde

Die Eiszeit

Ein Gletscher, der von den Alpen heruntergeschoben kam, gründete das Alpenvorland.

Die Landwirte müssen auf die landwirtschaftliche Schule, und wenn nicht genug Kräfte da sind, werden Maschinen angeschafft, z. B. Drillmaschinen.

Das Dachauer Moos

Das Moor ist überhaupt häßlich, besonders wenn man hineinfällt.

Sie bauen in reichlichem Maße Vieh und Getreide an.

Auch gibt es noch besondere Berufe bei den Alpenbewohnern; einige sind Wettertheologen.

Man kann ruhig sagen, zwei Drittel der Kühe in Bayern werden von hinten gefüttert.

Weil es in Westfalen soviel Eichenwälder gibt, werden die Schweine so fett, und wir haben den Schinken davon.

Bis in die heutige Zeit hinein sind die meisten Menschen Bauern geblieben. — Trotzdem nagte die äußere Not an den Türen der armen Leute.

Frühling im Harz

Der Föhn trieb Schnee- und Eisstücke vor sich her und fegte denn Schnee von den Bergen, bis sie zu gewaltigen Lawinen wurden und ins Tal rollten.

Schilderung des Bardowieker Domes

In der Grabkammer stand Sarg an Sarg. Hier herrschte eine erstickende Luft. Wahrlich, hier hatte der Tod große Geschäfte gemacht.

Ich stehe auf der Elbhöhe und blicke auf den Wasserstrahl hinunter. Am Horizont rauscht der Harburger Wald.

Meridiane sind zur Auffindung bestimmter Orte ganz wichtig.

Brasilien

Das Amazonen-Gebiet ist feuchtwarm und sehr wasserreich.

An der Hudson Bai: an Flußmündungen kann man Pelze wegschiffen.

Die Mandschurei hat im vergangenen Jahr ungefähr 90% ihrer Ernte importiert.

Auf der Insel Helgoland ernähren sich die Bewohner größtenteils von Kurgästen.

Heute hat man in Afrika die Steppe umgelegt. (Gemeint ist umgepflügt).

Aus dem Orient

Die Araberfrauen gehen verschleiert und sind nicht viel wert.

Die Schiffe, welche sich den Gewürzinseln nähern, verspüren schon von weitem den Geruch des Pfeffers und des Zimt.

Die Faultiere zeichnen sich dadurch aus, daß sie sich mit großem Fleiß von jeder Tätigkeit fernhalten.

Der Edelhirsch

Die Hirsche sind schöne Tiere. Zum Zeichen, daß einer sehr stolz ist auf sein Hirschgeweih, hängt er es an die Wand.

Besuch im Tierpark

Bei den Affen stehen immer am meisten Besucher, weil sie sich da hingezogen fühlen.

Die Wärter müssen die Tiere lieben wie ihre Frauen, aber keine Angst davor haben.

Die Tiere im Freien haben besseres Augenlicht als die Haustiere; diese brauchen nicht richtig zu gucken, denn das Herrchen führt sie an der Leine.

Über Naturschutz

Vor allem dürfen wir keine Schonungen betreten; denn auch dort wird für Nachwuchs gesorgt.

Der Affe unterscheidet sich von den Menschen nur durch das Fehlen der Sprache. Könnte er nämlich sagen: »Ich bin ein Affe«, dann wäre er schon ein Mensch.

Die Schlangen jagen vielen Menschen einen Schrecken ein. Sogar unsere Tante Adele hat Angst davor, und die wiegt zweihundert Pfund.

Vergleich zwischen Kuh und Pferd

Der Gaul ist schlank und deshalb auch flink. Er kann schnell laufen. Die Kuh ist plump und dick und muß achtgeben, daß sie ihre Milch nicht verschüttet, deshalb kann sie nicht schnell laufen.

Der Hund hat ein langes Rückgrat, das am Kopf anfängt und an den Hinterbeinen als Schwanz raushängt.

Der Hund bewacht das Haus, während die Katze den Mäusebestand klein hält.

Der Pudel ist ein Gehilfe des Hausherrn, denn er trägt Stazierstock und Handschuhe.

Ein Hund ist ein Lebewesen wie ein anderer Mensch auch.

Das Fell der Kuh wird zu Leder verarbeitet und aus den Augen werden Knöpfe gemacht.

Da das Gras nicht viele Vitamine enthält, muß die Kuh dauernd fressen. Nur zum Schlafen hat sie Zeit.

Die Katze pflanzt sich durch Junge fort, welche neun Tage unsichtbar sind. Dann bekommen sie Augen. Die Alte setzt sich drauf, sonst frißt sie der Kater.

Der Hase hat drehbare Ohren, mit denen er sich gegen seine Feinde schützt.

Der Kuckuck unterscheidet sich dadurch von den anderen Vögeln, daß er seine Eier nicht selber legt.

Von allen Tieren ist der Kuckuck der klügste. Er ist der einzige Vogel, der seinen eigenen Namen aussprechen kann.

Die Drohne dient der Biene nur als Mann, sonst hat sie überhaupt nichts zu sagen.

Unter den Hühnern stolziert der Hahn und schmettert stolz seine lauten Signale.

Flugs wusch ich mir Hals, Ar-
me, Beine und andere Kleinig-
keiten.

(In der Badewanne)

Der Hahn erwacht am Morgen durch sein lautes Krähen.

Der Hai

Der Menschenhai lebt im Salzwasser. Er hat im Maul scharfe Zähne, die alles zerbeißen können. Die größten, die oft bis 10 Meter lang werden, sind sehr gefährlich.

Aus einer Biologiearbeit

Vom Kohlweißling: »Die Jungen schlüpfen aus den Eiern unter den Kohlblättern aus. Die Alte klettert inzwischen auf den Baum und erhängt sich.«

Wie bewegt sich der Regenwurm? »Er schiebt sein Hinterteil etwas ins Vorderteil und schiebt dann das Vorderteil weg.«

Der Seestern

Getrocknet stinkt er wie andere Viecher auch. Er lebt nur im Meer.

Phsikstunde

Ein gewöhnliches Thermometer singt sofort, wenn es ins Kalte kommt.

Bei Erwärmung steigt das Thermometer und bei Erkältung sinkt es.

Die Isolierung muß sein, um die Menschen vor Feuchtigkeit und Gesundheit zu schützen.

Die Vervollkommnung der optischen Instrumente ist so weit fortgeschritten, daß man die Sonnenkorona sogar während der Nacht beobachten kann.

In der gestrigen Physikstunde lösten wir die Aufgabe: Eine rollende Kugel in den Ruhestand zu versetzen.

Ein Mensch könnte in Stickstoff nicht leben, natürlich auch kein Lebewesen.

Beschreibung einer Physikstunde

Die Ladung gleicht sich aus, und der Zeiger geht allmählich in den Ruhestand.

Es ist ein Naturgesetz, daß sich das Gas gewaltsam Luft verschafft, und dabei entstehen meistens Geräusche.

Die Wärme ist verdunstete Luft.

6. Aus der Zeit des III. Reiches

Meiner Tante in X ist von dem Reichsminister für Ernährung und Landwirtschaft zu Berlin der Gausieger-Ehrenpreis für die höchste Milchleistung im Jahre 1934 in Form eines silbernen Bechers verliehen worden.

Über das Landheim, das für den BDM eingerichtet werden sollte (1934): »Wenn ich mir vorstelle, was das Landheim uns allen bringt, dann wird es ein echtes Freudenhaus werden.«

Adolf Hitler hat es geschafft, das deutsche Volk aufzuklären, daß wir Kopfarbeiter und Handarbeiter nicht unterscheiden sollen. Der eine hat es mehr in der Stirn, der andere mehr in der Faust, aber sonst sind wir alle gleich.

Eine Krankenpflegerin soll achtgeben, daß sie nicht überall herumtropft. Sie soll alles sogleich aufwischen; sie soll auch möglichst nichts fallen lassen.

Der Blutspender hat einen Ausweis, dieser spendet durchschnittlich wenigstens jedes Vierteljahr 400 ccm Blut.

Von der Winterhilfe

An einem Sonntag sollen alle Leute vereint werden, indem sie sämtlich aus einem Topfe essen.

Der Fabrikarbeiter braucht den Hammer für die Maschinen, und er ist sehr wichtig für ihn.

Die Sage vom Schwanenritter

Als Elsa mit Lohengrin über ein Jahr verheiratet war, fragte sie ihn, welchen Geschlechtes er sei.

7. Deutsche Sprache und Literatur

Aus einem Aufsatz über »Minna von Barnhelm«

... und eines Tages klärten sie sich gegenseitig auf.

Aufsatz zu »Emilia Galotti«

Da die Prinzessin Orsina vom Prinzen verführt wurde, kann man ihr rasendes Gebären (= Gebahren) leicht begreifen.

Goethes Leben

Goethe lebte ein Jahr im Spätbarock, 80 Jahre im Klassizismus und 2 Jahre in der Biedermeierzeit.

Joh. Wolfgang Goethe starb am 22. März 1832 und wurde der Fürstengrube zu Weimar beigesetzt.

Aus einem Aufsatz über »Hermann und Dorothea«

Ich glaube, daß Dorothea Hermann eine gute Frau und Mutter sein wird.

Schillers Faust ist eine ebenso erregende Sache wie seine Glocke.

Über die Jungfrau von Orléans

Die Jungfrau wurde beschuldigt, Verkehr mit dem Teufel zu haben. Sie ging daraufhin zum König, um ihm ihre Unschuld vorzuführen.

Leicester hatte Maria nicht an der Hand.

Die Luise Müllerin ist eine Frucht der Beschäftigung Schillers mit der Emilia Galotti

Schiller beschreibt den Meeresgrund im »Taucher« recht einschüchternd.

Erwägen wir alle erörterten Umstände, so sind wir mit dem Dichter Schiller berechtigt zu sagen:

> Das eben ist der Fluch der bösen Tat,
> Daß sie vor Zeugen Böses muß gebären!

Auf die Frage, wer größer war, Schiller oder Goethe, kann man nur mit einem freudigen Ja antworten.

Über Katharina von Medici

Die ränkesüchtige Königin wurde in der Bartholomäusnacht dramatisch bearbeitet und das mit gutem Erfolge.

Novalis war ein sehr unglücklicher Dichter, der in seinem Leben viel durchzumachen hatte. So wurde der Dichter erst 1772 geboren und starb schon vor Goethe.

Die Genovevasage

Genoveva war sehr traurig,denn ihr Mann war zum Kreuzzug eingezogen worden.

(Bekanntlich hatte Siegfried vor seiner Ermordung einen gefangenen Bären freigelassen, um sich an der Furcht der burgundischen Knechte zu erfreuen. Ein Schüler versuchte dies mit folgenden Worten zu kennzeichnen): »Siegfried schenkte kurz vor seinem Tode zur größten Verwunderung aller einem jungen Bären das Leben!«

Parsifal

Der Vater Parsifals war schon im Kriege gefallen, als er zur Welt kam.

Man fährt ins Ausland, um die Entstehung von Burgen und Bauern zu erforschen.

»Schimmelreiter«: Sie verlobten sich unter der Tischdecke. (Gemeint war der Händedruck unter dem Schutz der Decke)

Zeichenunterricht in der Quarta

Aufgabe: Stilisierte Darstellung eines Tierkreiszeichens. Ein Schüler gibt seine Skizze ab mit der stolzen Unterschrift: »Entwurf für einen sterilisierten Löwen.«

Beethoven starb an seinem Todestag an einem sehr schweren Gewitter.

Das Thema ist der leitende Draht durch das Stück.

8. Sprachlehre, Diktataufnahme, Definitionen

In dem Lied »Weißt du, wieviel Sternlein stehen ...« sang ein Junge die entsprechenden Zeilen folgendermaßen: »Gott der Herr hat sieben Zähne, daß ihm auch nicht einer fehle, an dem ganzen großen Zahn.«

Jakob Kneip hat ein Muttergedicht geschrieben, in dem er seine Mutter als das schlicht bescheidene einfache Bauernweibchen aus dem Hunsrück gefeiert. Ein Junge sagte die entsprechenden Verse so auf: »Und all die geputzten Herrn und Damen, die auf und ab die Abbeen (statt Alleen) kamen — vor dir war alles eitler Tand.« (Abbee am Niederrhein = Klosett.)

Diktat

Der alte Fritz sorgte für seinen Staat bis zum letzten Abendzug (Atemzug).

In der Gesangsstunde wurde das Lied »Wer nur den lieben Gott läßt walten« diktiert. Den Vers fünf: »Denk nicht in deiner Drangsalshitze, daß du von Gott verlassen seist« gibt ein Junge vom Lande mit folgenden Worten wieder: »Denk nicht, wenn du im Drankfaß (Abfalltonne für Schweinefütterung) sitzest, daß du . . .«

Einem Lutherlied gab ein Schüler in der Nachschrift eine neue Version: »Mit unsrer Magd ist nichts getan.«

In der Religionsstunde diktiert der Lehrer das Lied: »Allein Gott in der Höh' sei Ehr'«, den Vers ein: »Nun ist groß' Fried' ohn' Unterlaß, weil all' Fehd' hat nun ein Ende«, zitiert ein Knabe so: »Nun ißt Gottfried ohn' Unterlaß, Alfred ist schon zu Ende.«

Beim Durchstöbern eines Rätselheftes entdeckte Fritz ein Worträtsel, bei dem immer ein zweiter Begriff eingesetzt werden mußte. Z. B.: »Maria und ...(Josef)«, Hermann und ...(Dorothea)«. Bei: »... und Leander« schrieb er nach nur kurzem Besinnen: »Zarah und Leander.«

Tragik, das ist, wenn die Personen nicht anders können.

Was ist ein Haufendorf? »Wenn schon einer da war, kam ein anderer und hat sich dazugesetzt.«

Wie sieht die chinesische Küste aus? »Angeknabbert.«

Physik

(Wir hatten ein Pendel.) Wie pendelte es? »Hin und her.«

Die achtjährige Monika zitiert vor den Eltern aus dem »Engel des Herrn«: »Und das Wort ist Fleisch geworden und hat unter uns gewohnt« und fügt ratlos hinzu; »Papi, aber unter uns kann doch gar niemand wohnen, wir sind doch im Parterre.«

Sind die Düngemittel giftig? Nein! Es wurde ein Versuch bei Kleinkindern gestartet, das eine Kind wurde mit Stalldünger, das andere mit Kunstdünger ernährt und siehe, das letztere gedieh viel besser. Den Nutzen einer Stickstoffdüngung sieht man erst drei Jahre nach der Ausstreuung.

Ich mag unsere Leherin, weil
Sie dieselben lustigen Augen
hat wie unser Zwergpudel
Lumpi..

(Unsere Schule)

9. Aus allerlei Aufsätzen

Der Verkäufer lebt in der ungesunden Luft, welche immer in den Warenhäusern durch die vielen Menschen erzeugt wird.

Leider verstehen viele Menschen das Wort »Feiern« falsch. Sie meinen, man müßte rauschende Feste, und großartige Bälle, möglichst bis zum nächsten Morgen um vier Uhr, feiern und unausgeschlafen zum Arbeitsplatz kommen. Ist das der Sinn der Sache? Gewiß, man soll sich auch einmal auf diesem Gebiet austoben, aber dann zu einem gegebenen Zeitpunkt, wenn man vielleicht noch einen oder zwei Tage frei hat.

Was ist Skonto? Damit erregt man den Käufer, daß er bar zahlt.

Eine Verkäuferin muß immer pünktlich zur Arbeitsstelle kommen, denn durch verspätete Verkäuferinnen können dem Geschäft Verkaufsgelegenheiten entgehen.

Es werden dann zwei Zeugen geladen, die sogenannten Trauzeugen, die das »Ja« der Braut und des Bräutigams bekräftigen.

Wenn der Mensch jung ist, scharrt sich ein Freundeskreis um ihn.

Musik

Auch heute kann man eine Pauke noch mit einem Fußtritt umstellen.

Die einen brechen ein, die anderen bleiben im Eingebrochenen stecken.

Die Enkel erben von einer Tante, die ausgestorben ist.

Sie besetzen die einheimischen Felle mit Fischfellen.

Vor 100 Jahren düngte man noch nicht so wie heute, was zur Folge hatte, daß die Verhältnisse schlechter waren.

Es war so dunkel, daß man nicht mehr die Hand vor den Augen sah. Da habe ich ein Haus gesehen, das hatte dieselben Gardinen, wie wir.

Niederschriften aus dem Religionsunterricht

Maria war eine Männerfeindin, denn als der Engel mit der Verkündigung zu ihr kam, erklärte sie: »Ich kenne keinen Mann!«

... und dasselbe glauben wir ohne Unterschrift vom hl. Geist (Niederschrift der Präfation aus dem Gedächtnis).

Erdkunde

Monika schreibt von ihrem Besuch bei Oma auf dem Land: Oma war krank, dann kam Tante Frieda, um unsere Gänse zu schlachten und zu rupfen. Zum Schluß kamen alle in die Gefriertruhe.

Das Gewitter. Aufgabe während einer Schulinspektion in Kematen

Eben geht ein heftiges Gewitter hernieder. Es blitzt. Es kracht. Der Herr Lehrer fürchtet sich. Der Herr Schulinspektor fürchtet sich auch. Ich fürchte mich nicht, weil ich ein gutes Gewissen habe.

Das Leben ist der wichtigste Teil des menschlichen Daseins.

Die Vermehrung der Bevölkerung auf dem flachen Lande vollzieht sich auf ganz natürliche Weise.

Der Ball des Schicksals hatte schon des öfteren mit ihm gespielt.

Durch die Schülersatzung ist es mit Recht verboten, daß sich die Oberkläßler auf der Straße mit Mädchen zweifelhaften Geschlechts sehen lassen.

In einem Aufsatz, in dem sie das Leben eines reichen Edelmannes schildern sollte, schrieb die kleine Christa u. a.: »Er hatte viele Diener, die ihn hinten und vorne bedienten.«

Bei dem Zugunglück gab es 12 Verletzte, 3 Tote und 17 tödlich Verunglückte.

Der Beruf des Konditorhandwerks ist so vielseitig, daß ein Menschenleben nicht ausreicht, um alles zu erlernen.

Das Hochwasser vor wenigen Wochen ist noch in aller Munde.

In den meisten Städten darf niemand ohne Leine um den Hals mit Hunden ausgehen.

Bei einem zügellosen Leben ist es unvermeidlich, daß man früher oder später sterben muß.

Die bunten Hemden haben des Vorteil, daß sie länger weiß bleiben.

Hätte man bei Erschaffung der Welt eine Kommission eingesetzt, dann wäre diese heute noch nicht fertig.

Die Sonne war nicht mehr weit vom Untergang entfernt.

Das Leben endet meist mit dem Sterben. Und das gibt dem Menschen die Kraft, es möglichst lange hinzuziehen.

Wenn man über die Geigensaite streicht, vibriert der Darm.

Noch heute denke ich an diese Leute. Der Mann jähzornig und aufbrausend, die Frau ruhig und liebenswürdig und der Junge schlank und pflichtbewußt.

Schon wenn wir auf die Welt kommen, gelangen wir in die Hände des Arztes, denn unsere Eltern sind ja Laien auf diesem Gebiet.

Die gewonnene Mannschaft spielte jetzt wieder defensiv.

Unser Bundespräsident Prof. Heuß wohnt in der Villa Hammerschmidt, aber wenn er etwas machen muß, geht er immer in das Bundeshaus.

Bei der Industrie wird die Kapazität durch die Zahl der Maschinen und die Leistungsfähigkeit der technischen Anlagen bestimmt;beim Fremdenverkehr sind Produktionsmittel die Betten.

Das Bedürfnis unserer Stadt, keinen Arzt zu haben, wird täglich fühlbarer.

Auch in Berlin wird sehr viel Papier und zu den verschiedensten Zwecken gebraucht.

Stilblüten aus Lehrlingsaufsätzen

Justus von Liebig und Albrecht Thaer zogen beide an demselben Strick, bloß der eine an dem einen und der andere an dem anderen Ende.

Justus von Liebig sagte: »Wir wollen doch mal sehen, was in den Pflanzen drin ist«, und das nannte er Mineralstoffindustrie.

Pater Gregor Mendel kreuzte weißblühende und rotblühende Erbsen und heraus kamen rosablühende. Dann machte er denselben Versuch mit Tieren.

Wenn unsere Pflanzen richtig gedüngt werden, dann ist ein Erfolg nicht zu vermeiden. Wenn aber zuviel gedüngt wird, verliert die Pflanze das Gleichgewicht. Unter Zuhilfenahme von Unwissenheit düngen heute noch viele Bauern nicht richtig.

Schon früh war den Menschen bekannt, daß man essen muß, um zu leben.

Seit ältesten Zeiten nennt sich der Papst auch Pontifex Marxismus.

Studenten und Liebhaber bereisen oft die halbe Welt.

Ein Großteil der jungen Menschen geht mit dem Vorsatz ins Ausland, etwas zu erleben, billig und gut zu essen und vom Genuß Gebrauch zu machen.

Will man in den Ehestand treten, so geht das nicht so einfach, wie viele glauben. So einfach ist das doch wieder nicht. Dort wird man gefragt, ja oder nein. Sagen nun beide ja, so müssen sie beide unterschreiben.

Obwohl er weiß, daß er keinen Hehler (statt Heller) in der Tasche hat, geht er ins Wirtshaus.

Wie ein roter Faden zieht sich das Sparen durch die Geschichte der Menschheit.

Auch einen schönen Film sehe ich mir an, denn in jedem Film kann man Bildung lernen.

Man soll nicht denken, heute habe ich Zeit, heute kann ich bis 11 Uhr schlafen. Davon wird man nur träge und faul.

Das Land ist so fruchtbar, daß man es nicht bebaut — mit Häusern!

Wir fuhren schon 30 Kilometer im Reservetank.

Daß Blumen sprechen, ist eine geläufige Redensart, und auch sonst hat die Dame viele Mittel und Wege gefunden, um ihre geheimsten Gefühle in der Toilette auszudrücken.

Biologie

Ein Freund von mir hat ein solches Kälbchen zur Welt gebracht. (Er war Tierarzt!)

Rosmarin hat Laub gleich Tannennadeln.

Durch Steigen der Börse und Abfall der Börse werden Geschäfte gemacht.

Mit der Zeit bekommt der Lehrer ja doch heraus, ob das seine eigenen Arbeiten sind.

... eine Kuh, von deren Milch eine warme Witwe lebte.

Durch die Karteikarte wird der Mensch nicht mehr individuell behandelt.

Der jetzt lebende Mensch ersetzt seine Körperkraft durch Rohstoffe, die er leicht der Erde entzieht.

Die Mode, der Spott anderer und die Zulassungsbehörden zwingen den Kunden zum Kauf der Waren.

Die Energiequellen fallen zum Segen aus, wenn Unternehmer und Arbeiter zu gleichen Teilen die Naturschätze ausbeuten.

In der Sowjetunion kann sich kein Arbeiter seinen Löhnen widersetzen.

Die Seuchengefahr wurde eingedämpft.

Robert Koch wurde erst gegen Ende des Jahrhunderts wirksam.

Dann werden die Schafe geschoren und in Ballen verpackt.

Obwohl die Römer die Elefanten und viele Tote verloren hatten, kämpften sie tapfer weiter gegen die Hannibalen!

Die Art des Studierens ist für jeden Wissenschaftler verschieden: Der Mediziner z. B. nimmt sich seinen Nebenmann und schneidet ihn auf, der Jurist setzt sich mit einem Kommilitonen in die Kaffeestube und diskutiert . . .